JN123172

歌集

蟬のシエスタ

森 直幹
Mori Naomiki

六花書林

蟬のシエスタ ＊ 目次

装幀　真田幸治

蟬のシエスタ

睦月

あなたはいったいどこに行こうとしているのか　もうすぐ雪が降り出すというのに

1日

御神籤を引けばいつでも大吉の神社はやっぱり信用できぬ

2日

切れ味の悪いはさみで縁を切るような感じの賀状が届く

3日

柔弱な雪のかけらを追いかける不安は永久に消えぬ追憶

4日

お雑煮に餅菜添えれば故郷に続く夜汽車の轍のごとし

5日

切り餅に青かび増えていくごとくめげそうになる今年の抱負

6日

感性をいかに磨いていくべきか考えながら大蒜刻む

7日

ボールペン書けないときは諦めて自分にもっと愛を下さい

8日

ベランダに雀集まり有酸素運動すぐにピークに達す

9日

踏まれるとわかっていても霜柱、公園はまだ君のものだよ。

10日

この坂を降(くだ)って行くなら自転車よせめて未来のために徐行を

11日

信念は貫くべしと言いたげに雪にはならぬ雨の冷たさ

12日

手に取ったシャンプー指のすきまから落ちる地獄に向かうがごとく

13日

さまざまな些細なことの積み重ね戸棚の中の埃をぬぐう

14日

言い訳をすることばかり上手くなり鶯はまだしばらく鳴かず

15日

容赦なく吹く北風に逆らって赤い自転車どこへ向かうか

16日

年齢を重ねるごとにお世辞が上手になっていくのは嬉し

17日

少しずつ成長していく心地よさようやく蠟梅咲き始めたり

18日

言い訳をするのはやめてとりあえず北風のため窓開け放つ

19日

壊されることが決まった廃屋もやっぱり今年の桜が見たい

20日

全体に翅ぼろぼろの冬の蝶木曜だけど休むしかない

21日

使いたいときに限って見当たらぬ十年越しの修正液(ホワイトアウト)

22日

良い歳の取り方をした革財布個性が無数の傷にも溢れ

23日

全身に冬をまとった飼い主が犬に連れられ散歩している

24日

形あるものもいつかは失われ煮込まれていくクリームシチュー

25日

誰一人乗ってなくても業務ゆえ休まず動くエスカレーター

26日

吹きつける雨と一緒にワイパーがぬぐおうとする昨日の汚点

27日

いつまでも目立とうとして焼飯（チャーハン）の中で盛んに踊る玉萵苣（たまぢしゃ）

28日

真夜中に点滅している信号機赤はやっぱり情熱の色

29日

うらおもてはっきり違っていたほうがいいこともある醤油煎餅

30日

低空で西へと向かうジェット機も踏ん切りをつけ雲に飛び込む

31日

毎日の仕事は楽し（嫌味だね）ショートケーキの尖った苺

如月

小籠包蒸籠の中で身動ぎもせず耐えているいつもの修羅場

1日

駅前で我にはポケットティッシュを渡さぬお前勇気があるな

2日

それなりに名前の知れた店なのか行列だから我も加わる

3日

今日も佳き日であるべしと梅の花残酷なほど静かに香る

4日

一通もジャンクメールが来なければ来ないで存在価値なきわたし

5日

春よ来い早く来いとぞ北風に耐えて八丈檸檬の苗木

6日

自販機のお茶売り切れているなんて想定外に赤いブランコ

7日

降りしきる雨には雪の悲しみが中途半端にとけこんでいる

8日

一日中さえない空であるけれどそれを楽しむ辛夷のつぼみ

9日

煮えたぎるお湯に通せば瞬間に緑に変わる三陸若布

10日

会話せず一日過ごすこと増えてもはや欅と区別できない

11日

淡雪にたとえ朝陽が注ぐとも未練が消えることはあるまい

12日

このところつまらないこと多いので鳩になるしか、鳩サブレ食う

13日

知らぬ間に温州蜜柑にかび生えて空気が少し重たくなった

14日

虹色の朝陽を結露に閉じ込めて成り行き任せの月曜になる

15日

僥倖と呼ぶにはあまりに貧弱な夕立だから濡れて帰ろう

16日

行動を起こさなければ何事も決別のため本捨てにいく

17日

腰に手を当ててコーヒー牛乳を飲んだら腰痛よくなった（嘘）

18日

降れどすぐとけゆく雪を追いかけて黄色豊かに香る三椏

19日

満月が西へと沈んでいくごとく甘さあとひくネーブルオレンジ

20日

折りたたみ傘がきれいにたためない春には春の事情があって

21日

この先の希望もきっと降り出した雨に濡れればふくらむ蕾

22日

残された時間を強く意識してカップヌードル出来るのを待つ

23日

後悔をいくつか思い出しながら青から黄色に変わる信号

24日

黴と錆共に抱える傘だからちょっと気になる「か」と「さ」の違い

25日

ベランダに集う雀がますます増えて極まる世界のカオス

26日

剝きにくきネーブルの皮どうすれば世界が平和になるのだろうか

27日

ここでしか咲けない梅の憤り深紅そのまま散り始めたり

28日

知らぬ間に消えてゆくもの多けれど今日も微(かす)かに残る梅の香

弥生

「味のある鞄」と言われその「味」がもつニュアンスを味わっている

1日

意図せずに皆を巻き込む南風いやいやながら旗もはためく

2日

春だから一斉に咲け名の知れた花も無名の花のごとくに

3日

日常が平凡である有難さミントの強きガム買いに行く

4日

理屈では解けないものの幾つかが氷柱（つらら）みたいにとけはじめたり

5日

真実が身近なところで転がって角とれていく石の重たさ

6日

真夜中に紙飛行機を飛ばすとき北極星の見せるためらい

7日

大空はいつも意図せず切り取られ窓から見える雲の輪郭

8日

テーブルに置かれた眼鏡仰向けにくつろぐ猫のごとく腹見せ

9日

捨てられる運命だけど懸命に白さを保つ不織布マスク

10日

唐突にレースカーテン膨らんではち切れそうな春閉じ込める

11日

夜遅くお湯に浸かりてくつろげど忘却はまだ余力を残す

12日

爪立ててデコポン剝けば香り立ち指先にまで春が溢れる

13日

北向いて電話ボックス立っているどこでもドアの残骸として

14日

人知れず地下水脈は広がりて嗚咽のごとく大地うるおす

15日

うららかな春に補助線引くごとく真っ直ぐ社殿に続く参道

16日

一斉に辛夷咲きだし暖かき陽射しを浴びて皆猫になる

17日

日に二分程度短き毎日を噛みしめながら刻む秒針

18日

袋詰めされた割れ煎捨てられぬ誇り気高き地球の重さ

19日

吹きつける雨を受けても窓ガラス文句も言わず輝いている

20日

一日の余白部分に書き留めた悪口ひとつ前進をする

21日

店頭に並ぶ真鰯意図せずに干物になってみんな北向く

22日

いつもよりハンドソープが泡立ちて昨日ついた嘘思い出す

23日

駅前の桜通（さくらどおり）の先にある未来はいつも夢見るところ

24日

口腔（くちむろ）にアフタの刺激　潮時は痕跡残る春雷のごと

25日

曖昧な解決策も北風にさらせば徐々に棒鱈になる

26日

鍵穴に鍵さしこんで回すときゆっくり右へ傾ぐ夕ぐれ

27日

自由度が制限されていればこそ天高くまで揚がる大凧

28日

報われぬ努力もあまた満開の桜の中にも咲かない蕾

29日

鉄板をはさみ激論かわすとき盛んに炎をあげる牛肉

30日

深海を只管泳ぐ黒鮪地上のことなど知るはずもない

31日

三つほど用事すませてあとにする銀座にようやく桜の気配

卯月

世代間ギャップが深くなるにつれ擦り切れてゆくレコードの溝

1日

昨日から冷たい風が吹き出して春の陽射しも不機嫌になる

2日

いつ来るかわからぬ試練鍛錬はかくあるべしと群れなす土筆

3日

欲しくても手に出来ぬもの多くありクレーンゲームをやらずに帰る

4日

結局はお金がすべてと言いたげに一面に咲くダンデライオン

5日

許すとはときに勇気のいることで夕陽に似せて嘘をひきずる

6日

ミルキーを一粒口にするごとく嬉しい春が全身となる

7日

花曇りしている午後の意味合いを探し求めて走る自転車

8日

異次元に向かう入り口公園にほのかに紅い梅の花見ゆ

9日

さっきから空中放電繰り返し我にエールをくれる雷

10日

強がってみても解決できぬものばかり大島桜の白さ

11日

絨毯で掃除機までが踊り出す花粉まみれの春のなごりに

12日

幾つもの嘘を重ねて八重桜今年の春は咲かずに終わる

13日

蒲公英になれないことを自覚した黄色い傘が捨てられている

14日

枝先に溢れんばかりの花付けて見せつけている桜の矜持

15日

春霞　グラスの氷も解け始め今よみがえるジュラ紀の記憶

16日

缶切りで蓋を開ければ幸せがチェリーとなって浮かんでおりぬ

17日

漬物がないと朝食食べた気がしない曲がったきゅうりにも花

18日

ディンプルキーのような窪みの一日も過ぎてしまえば忘れてしまう

19日

生きづらさ漂わせつつ金平糖今はとことん甘さに溺る

20日

ちょっとずつ気がつかぬ間に壊されて変わり続けるぼくの風景

21日

トーストにバターのせれば融けだして停戦願うテレビのニュース

22日

居心地は推して知るべし整然と肩寄せ合ってオイルサーディン

23日

いちごパフェ想定外の大きさが彩っているいい日旅立ち

24日

感覚で地球の終わりを予見して丸ごとメロンパン食べておく

25日

レジ袋風にあおられ天高く上がれど入道雲にはなれず

26日

煙突が今日も微(わず)かな煙だし確かめている雲との絆

27日

色々とやらねばならぬことあれど茄子と一緒に塩漬けにする

28日

丁寧に磨けば磨くほど光る水晶にもある時代の裂け目

29日

一段と雨ひどくなり予報とは異なるレモングラスの香り

30日

ベランダでシーツを干せば白くても少し群青色の土曜日

皐月

いつまでもいいこと続くわけないとわかっても飲むカンパリソーダ

1日

大楠は大地に深く根をおろし未来のために片意地を張る

2日

何もかも忘れてしまいたいほどにひたすら飛行機雲の真っ直ぐ

3日

安直な答えを探しているような五月雨だから傘はささない

4日

批判することなどやめて存分に今を楽しむ蟻の行列

5日

生きてれば色々起こると言いたげに吸い殻道に捨てていく人

6日

ゴミ箱のない公園で爪研ぎをしている猫の一心不乱

7日

劇的な変化よ我にも起きてくれ檸檬スライス紅茶に浮かす

8日

スキップをしているように三日月を追いかけ進む今日の赤バス

9日

争いは勝たねば意味がないという残酷なほど甘いカステラ

10日

使わずに十年が経つボールペン埃にまみれそれでも書ける

11日

階段を転がることしかアルミ缶できないことは誰にでもある

12日

目の前にあるものたくさん見落として赤信号のままの静寂

13日

冷静に判断できないかのごとく激しい雨に耐える自転車

14日

序列ならここにもあって鯉のぼり真鯉の下で緋鯉が喘ぐ

15日

煎餅が半分に割れそれがまた半分になる世界の平和

16日

入り口で傘を閉じれば雨粒が未練がましく靴を濡らしつ

17日

明日は全国的に晴れマーク並んでほしいほどの土砂降り

18日

公園の噴水突然ふきあがり空のかなたに一縷の望み

19日

微笑みをいつも絶やさず咲いているパンジーお前は疲れないのか

20日

しとしとと雨は太古の昔から私に宛てた励ましである

21日

様々なこと考えて遮断機の前で一先（ひとま）ず止まる自動車

22日

手に負えぬ問題ばかり雑草のように根深く取り除けない

23日

甘藍（キャベツ）には甘藍の時間その上を紋白蝶が数頭遊ぶ

24日

夕立が未練がましくこのあたりだけに湿った空気を残す

25日

我死したのちもおそらく咲き続く額紫陽花は雨に濡れつつ

26日

どうしても眠れぬ夜の星屑は切ったばかりの林檎の香り

27日

ケチャップの染みの残ったTシャツが夢と一緒に干されておりぬ

28日

一段と雨ひどくなる午後なれど檸檬の似合う週末であれ

29日

那智の滝上から下へ落ちてゆく悲しみに似た水の激しさ

30日

災いが温泉のごと湧き出でて埋め合わせする今日のコーヒー

31日

絶え間なく隙間見つけてここかしこ未練のごとく埃がたまる

水無月

完成度あまり高くはないけれど精一杯に薔薇咲いている

1日

見上げても空に機影は見当たらずまして虹霓（こうげい）あるはずもなし

2日

生きている証拠なるらむ緑木が水吸いあげて歪（ひず）む静寂

3日

今度いつ出番があるのかわからねど机の上にDermatograph（ダーマトグラフ）

4日

救急車行き過ぎしあとしばらくは余韻に混じる不安のかけら

5日

一線を越えられぬまま梅雨入りが延長コードのように伸びゆく

6日

孤独とはかくも凛々しく草原に高く聳える杉の木である

7日

夕焼けを見ても綺麗と思えない貧弱なまで痩せた一日

8日

無造作に紙で折られた飛行機が同化を望むほどの晴天

9日

梅雨入りをしてもその後に晴れの日の続けば続く線路のごとし

10日

理由なく無性に腹の立つことがあってハイビスカスが際立つ

なんとなく嫌な予感が働いてケーキを二つ買って帰りぬ

11日

ある程度欠けてはいても「満月っ！」と叫べばもはや満月である

12日

13日

沢庵の古漬けも好きこれまでの理不尽混ざり味わい深い

14日

このベンチ壊れそうだが人知れず誰かを助けてきたやも知れず

15日

そうめんを食べたところでこの夏を涼しく過ごせる保障などない

16日

こんなにもたくさん飾り塩つけて我を睨むは鯛の本意か

17日

残忍な僕の本性現れて朝からひとつ目玉を潰す

18日

朝顔は絶えず上へと蔓伸ばし終わらぬ果てに螺旋の記憶

19日

昨日よりバナナのシュガースポットが増えて世界に不穏な動き

20日

ここかしこ運も不運も落ちていて黒七味味ナッツの刺激

21日

猛烈な雨が降ろうとさまざまな傘の行き交う未来こそあれ

22日

頑張ってみてもどうにもならぬこと多し梔子(くちなし)すぐに縋(すが)れる

23日

昨日から梅雨前線停滞し粘つくマーマレードの甘さ

24日

店頭で生茘枝（なまライチ）が転げ落ち詳細不明の夏が始まる

25日

梅雨明けの前から猛暑が始まって成層圏にも懺悔の兆し

26日

色々なもの諦めて出来上がる夜はあくまで猫の領域

27日

遠雷かジェット機なのかわからねど遥かに響く午後の憂鬱

28日

羽根のなき扇風機ゆえ空を飛ぶことはできまい首振っている

29日

昨日から壁のタコ足配線が気になる蛸は酢の物がいい

30日

音楽が破綻しかけているごとく時代はすでに蟬の夕唱

文月

本棚に捨てられぬ本何冊も雑然とした時間の亀裂

1日

いくつものがっかりごとが散り散りになってもフロストシュガーは甘い

2日

ロシア産柳葉魚（ししゃも）に罪はないけれど思い切り焼く真っ黒になる

3日

可能ならやりたくないが店頭で熊猫（パンダ）に変わるしかない鮪

4日

熱帯夜団扇使えば生ぬるき風であっても救いではある

5日

頑張って生きてきたから頑張って死んでいきます薄翅蜉蝣

6日

次々と積乱雲が誕生し結晶化する空の後悔

7日

気がつくと平家蛍になっていてもはや街灯だけが恋しい

8日

銃撃のニュース流れて車窓から瞬間見える東京タワー

9日

かき氷頭痛たやすくおこれどもこのごろ種の少ない西瓜

10日

「継続は力」と信じていた頃も使わなかったかきかた鉛筆

11日

バスタオルいくら干してもベランダに青春時代は戻ってこない

12日

使い捨てペーパータオルを使い切り持って行き場のなくなる怒り

13日

出番などもはやあるまい筒状に丸まっている卒業証書

14日

足趾（ゆび）の爪切ったついでに衆議院議員選挙のちらしも捨てる

15日

冷蔵庫開ければそこにあるはずのビールだったら買ってきなさい

16日

重力に抗えぬまま砂時計最後まで落ち五分が終わる

17日

束の間の蝉のシエスタ公園のベンチの上に漂う時間

18日

なんどきも雨粒弾いているんですビニール傘の任務なんです

19日

言い訳をすること増えて立ち枯れの木々の上にはスーパームーン

20日

痕跡の残らぬように消しゴムで擦ればメロンの香り漂う

21日

祈祷師が山から降りてきたごとく高層ビルに雨後の輝き

22日

色々な人の思惑絡み合い電線地中に埋められていく

23日

両下肢のむくみがひどくなるにつれ百日紅(ひゃくじつこう)も鮮やかになる

24日

反省会ばかり開いていた頃に戻ってトマトを丸かじりする

25日

天井が時々軋む音たてて耐えねばならぬ深夜の重さ

26日

また一つ地球が軽くなることを見つけて食べるカラメルプリン

27日

世の中がどこもかしこもぎすぎすとして止まらない蟬の諸声

28日

ゴミ箱にゴミ捨てぬ人いるごとく約束がまた反故にされたり

29日

存分に出来ることなど限られていたほうがいい減塩醤油

30日

間違いはやっぱり正すべきなのだ我より高く伸びる向日葵

絡み合う理不尽なんか気にせずに黙って豚骨ラーメン啜る

31日

葉月

フライパン上で無心にハムエッグ情熱程度に焼け焦げている

1日

身に覚えないのだけれどいつもより怒って見える今日の狛犬

2日

「東京は午後から雨」と断言し神に近づく気象予報士

3日

店頭にいくつも並ぶプレッツェルそれぞれが持つ固き結び目

4日

ちょっとした段差で躓くこと増えてなかなか終わらぬ今年の猛暑

5日

秘密裡に縁起を担ぎたきことがあってカツ丼特盛にする

6日

気が向くと数分進み腕時計止まってしまう停戦交渉

7日

天井に御器齧(ゴキブリ)一匹いるだけで変わってしまう夜の団欒

8日

暖かく湿った空気が流れこみ我の頭上も崩れ始める

9日

猛暑ゆえ有無を言わさず解け出したかき氷には檸檬シロップ

10日

頭上から夏の陽射しがいつまでも影をつくらぬ電信柱

11日

猛烈な雨降る如く微塵切りされて苦渋に満ちる玉葱

12日

いさぎよく明日への思い断ち切れば明確になる夜の静寂

13日

死ぬと皆夜空の星になるけれど火星になれる人は少ない

14日

どうしても解けぬ難問いつまでもなくならないから今日も眠れる

15日
段ボール五箱程度の個人的事情を抱え秋立っている

16日
八本の脚を器用に操って昨日も今日も蜘蛛の懸命

17日

風鈴で見えないものも音となり崩れ始める社会の仕組み

18日

十余年前の風景閉じ込めて埃まみれのフイルムカメラ

19日

夜なのに鳴かなきゃならない蟬なんて過酷な時代になったもんだね

20日

三毒の焔しきりに燃え上がるごとく納豆もっと糸引け

21日

気がつかぬほどの微風に踊らされ朝を楽しむ観葉植物

22日

複雑に時代の難題絡み合い冷やし中華がとくに酸っぱい

23日

この世界節足動物多けれど礼節保つ人は少ない

24日

終わりなき猛暑の中で電柱がますます無口になっていきます

25日

夕闇に花火が高く上がるときうつむくことは裏切りである

26日

馴染みある名前の人がまた逝きてあたりは秋の気配に変わる

27日

駅までの経路を変えてはみたけれど運気の上がる予兆はあらず

28日

不具合で自動にならぬ自動ドア手動で開けて今日を始める

29日

感情論だけではどうにもならぬこと眉間の皺のごとく深まる

30日

濃くいれた紅茶にミルクを加えれば懐深き味わいとなる

31日

ずぶ濡れの洗濯物も雨の中諦めきれぬ夢を見ている

長月

思いっきりペットボトルの栓締めてきっぱり夏に別れを告げる

1日

故郷を強く思えば思うほど秋鮭紅くなって焼かれる

2日

羽織るもの一枚あったほうがいい程度に昨日の怒りが続く

3日

いつもより説教じみた長雨が週末だから身に沁みてくる

4日

霧状のものを吹き出す加湿器をドロロンえん魔くんと見紛う

5日

神様にお願いするほど落ちぶれちゃいないんだけど御神籤を引く

6日

やれること限られてきた秋だからせめてもくしゃみは思いっきりする

7日

Volvic（ボルヴィック）注がれるたび現状をそのまま許容しているグラス

8日

水たまり上手く避（よ）けてもその先にまた別のものあるが常なり

9日

雨の中物干し竿に靴下を放っておくのも選択である

10日

耐え難き暑さの中でたえている極楽鳥花の青き花びら

11日

無理数の小数点以下追うごとく終わりの見えぬ早朝会議

12日

おそらくは別世界など広がっていないだろうが暖簾をくぐる

13日

この夏にやり残したこと四つほど坂の途中で思い出したり

14日

こんな日も頭を前後に動かして鳩にとっての駅前広場

15日

ビル群の窓に無数の明かり見えそれぞれが待つ明日への飛躍

16日

日光をさえぎるための帽子でもかぶれば変わってしまう人相

17日

毎日が無事に終わっていくことを密かに誇りに思ったりする

18日

立ち止まり振り向く姿が美しいそんなつもりはなかろうが猫

19日

存分に秋を楽しむ権利なら秋刀魚にもある苦きはらわた

20日

竹串に刺され焼かれる子持ち鮎故郷は遥か揖斐川らしい

21日

咲きだした曼珠沙華さえ故郷は遥か彼方で身を切る赤さ

22日

蟷螂が鎌振り上げて威嚇する西北西の空に雨雲

23日

遵守する人まばらでも動じない一旦停止の道路標識

24日

降っている雨もそろそろ止むのだろう傘さしたままくしゃみする人

25日

自販機でボタンを押せば意図しないコーラ出てきて今日のラッキー

26日

アルコールシュッとしたってあの男ひとかわ剝けるはずなどはない

27日

ごく稀に入道雲が落ちてきて安売りされる白い綿菓子

28日

目に見えぬものに色々支配され生きにくきこと蜘蛛のごとしも

29日

環境に優しいストロー使われてみどり眩しいクリームソーダ

30日

薬包紙にて包まれたアスピリン思い出しつつ作る折り鶴

神無月

期待せず過ごす時間が黒ずんで取り除けない頑固な茶渋

1日

もがくことそれは例えば仰向けになった象虫死んだふりする

2日

川縁に涼しい風の吹いていていて断片化する晩夏のなごり

3日

一斉に金木犀の香り立ち嫌なこと全部ご破算になる

4日

古本の並ぶ店内幾つもの秘密抱えた静かな時間

5日

夕照が妙にさびしく見えてきて否応もなく秋が整う

6日

雲間から瞬間見える青空が主張している今日の領分

7日

筆箱でずっと眠っているシャープペンシルメッキの剝げが激しい

8日

匙加減というものがありコーヒーにミルク渦巻くほどのためらい

9日

寒い日はやっぱりおでん、と駅前に集（つど）っているのは鳩ではないか

10日

引き出しの奥で水銀体温計ずっと保ったままの熱量

11日

歯ごたえの一部は主観でできていて空気の少し足りぬデニッシュ

12日

精神の拠りどころとして立っているスカイツリーの今宵の青さ

13日

至福とはかくあるべしと何層も生地を重ねたパイの脆弱

14日

真夜中に耳の奥から打ち寄せる潮騒に似て耳鳴り続く

15日

バス停でバスを待つ吾(あ)の影長く尾を引いている今日の拙速

16日

天気まで我を嫌って降り出した雨感情のごとく激しい

17日

リモコンの電池は切れていないのに感情上手く抑えられない

18日

不自然に横揺れをして洗濯機今後のためにしばらく止まる

19日

数秒を見知らぬ人と共有しエレベーターが六階に着く

20日

避けられぬ同調圧力吊り革と一緒に鞄のチャームが揺れる

21日

頑なにお百度石にこびりつく蘚苔類のくすんだ緑

22日

まだ夏の余力残して太陽が僕に半袖シャツを勧める

23日

再会は叶わぬだろうワイヤレスイヤホン片方だけの終電

24日

この道を右に曲がってしまったら今日の運勢決まってしまう

25日

飛ぶように売れる餃子は羽根付きで空を飛べない山原水鶏（ヤンバルクイナ）

26日

昨日から思考回路が閉じられて取り出し不能の陽性感情

27日

大空を我が物顔で飛んでいる赤蜻蛉にも疲労の兆し

28日

とちおとめフォークで刺せば悲しみを抑えきれずに果汁溢れる

29日

傷ついた垂直尾翼を気にしつつ懸命に飛ぶ模型飛行機

30日

生きるとはかくも苛酷にどす黒き採血の痕なかなか消えず

31日

背中から鯛焼きを食う人種とはきっと仲良くなれないだろう

霜月

セーターの毛玉のように蟠り増えるばかりの冬やってくる

1日

空気にも質量があり秋桜もそれを感じて静かに揺れる

2日

注がれたビールの泡と飲む人が共に楽しむグラスの薄さ

3日

三度ほど我を拒んだ自販機がようやくコーラを買わせてくれる

4日

小雨にもきっと僅(わず)かに含まれる誰かが密かに流した涙

5日

ときとして望まぬ形の再会が目の前にある二合徳利

6日

予期しない雨に出会えた喜びで光の束が七色になる

7日

結んでもすぐに解(ほど)ける靴紐はもはや昨日の決心である

8日

満月が地球の影に懐かれてSinus Iridum(虹の入江)に展く静寂

9日

コーヒーにグラニュー糖のすぐ溶けて遠き思い出手放してゆく

10日

通勤で駅まで歩く道すがら一回はする大きな欠伸

11日

寒風にさらされている木守り柿かくも過酷に孤独に耐えて

12日

駅前で蕎麦を啜れば瞬く間眼鏡曇ってなにも見えない

13日

靴下の穴が日に日に拡大し繕うことのできぬ虚無感

14日

コンビニの梅おにぎりに種はなくコアとなるものないから売れる

15日

コカ・コーラペットボトルの気が抜けて午後はすっかりやる気なくなる

16日

あまりにも赤の溢れる秋だから嘘をつくこと忘れてしまう

17日

この家の主人同様昨日からネット環境安定しない

18日

ストローが環境破壊をしていると知ったら藁は悲しむだろう

19日

群れなして夕陽に向かって飛んでゆく雁（がん）にもきっと故郷はある

20日

いつもより優しくブラシをかけられて少し元気が戻るジャケット

21日

ミルフィーユ切ろうとすればクリームがはみ出してくるわたしの本音

22日

重心が秋から冬に移動して人を裏切ることも増えたり

23日

心臓の鼓動に合わせて飛び跳ねる雀はかつて希望であった

24日

目白駅あたりに美味しいケーキ屋があったらあした晴れるといいね

25日

スペシウム光線なんてないことはみんな知っててみんな真似する

26日

シュレッダー不平や不満を吸い込んで紙と一緒に吐き出すほかは

27日

付箋紙がページの間に挟まれてピンク色だね我慢の色だ

28日

はめ殺しされてる天窓のように眩しいけれど陰のある男（やつ）

29日

新橋でサラリーマンが重そうな夕陽を背負い乗車してきた

30日

空を飛ぶ意欲の失せた暁鴉今朝も道路を独り占めする

師走

夜明けから雪がうっすら降り積もり病葉ほどの憂鬱残す

1日

ゆっくりと敷石歩いているような感じで食べる雷おこし

2日

無意識に諦めていること多く瓶詰めジャムの蓋が開かない

3日

自分では場所を選べぬ植物の無念零るるハスカップティー

4日

塩辛の酷の深さは槍烏賊の流す涙の粒の大きさ

5日

雨を指す言葉は色々ありますがどれも雨です止みはしません

6日

吐き出せぬ誹謗中傷沈殿し痛風発作の始まる予感

7日

絶え間なくシャンパングラスの底方(そこい)より気泡生まれて消えゆく迷い

8日

いつまでも息苦しさは続けども山手線にも終点がある

9日

明確な主語のないとき日本語は曖昧になり言い訳をする

10日

リアリティ追及するのはやめておけ冬はゆっくり揮発している

11日

何であれ脚本通りのドラマには終わりがあって僕も眠ろう

12日

タワーからひとり地上を眺めれば見え隠れする心の余裕

13日

死してなお人の記憶に残るともいずれは消える雪のごとくに

14日

人情の滅びることはあるまじき行為をひとつ踏みつけておく

15日

不用意に立ち上がるとき目眩して社会が少しまともに見えた

16日

いつまでも模範解答見つからず線分上を動く点ｐ

17日

去年よりいい冬が来て、「いい冬」の「いい」はもちろん「もういい」の「いい」

18日

反論をするかのようにコンビニのネオンサインが壊す暗澹

19日

朝早く温泉卵を割るときはその日の運勢黄身に任せる

20日

どうしても希望の持てぬ一日は社会の為に諦めなさい

21日

ブランコのゆっくり揺れる公園で茸（きのこ）は毒を持とうと決める

22日

いつからかコミュニケーション滞り郵便ポストも小太りになる

23日

酎ハイに幾つか浮かぶ蟠り氷だったら解けるだろうに

24日

庭先で瞬間Santa Clausと目が合えど彼はそのまま立ち去りにけり

25日

半額のケーキの上で馴鹿(トナカイ)が苺とともに雪にまみれる

26日

約束は破られてこそ美しい君もすっかり忘れておこう

27日

千切りの甘藍（キャベツ）の横に添えられた和蘭芹（パセリ）となってしばらく過ごす

28日

容赦なく我にも迫る年の瀬が地獄の軍団ならばショッカー

29日

真っ直ぐに進んでいくのを諦めて右折していく最終電車

30日

計画が落ち葉のように裏返り歪(ひず)み始める私的な時間

31日

年越しの概念持たぬ柴犬が蕎麦屋の前で待たされている

新雪を踏みしめ進む心地よさ青空だからなおも嬉しい

あとがき

二年ほど前に万年日めくりカレンダーを購入した。それからは朝起きるとまずそのカレンダーを一枚先に進めることが習慣になった。昨日を振り返るとともにこれから始まる一日に期待を込める。このごろはこの瞬間がとても気に入っている。若いころは、そんな面倒なことをする人の気が知れない、と思っていたのだが、年齢を重ねると考え方も変わるということだ。

本書は私の第一歌集である。短歌を詠むようになって三十余年になるが、今まで歌集を作ろうと思ったことは全くなかった。それが、なんの気の迷いか一冊ぐらい歌集を作るのもいいかも知れない、と思いたった。これも年齢のせいなのかもしれない。

旧作を含めず、二〇二二年一年間に新たに詠んだもので本歌集を構成した。一首ごとに詞書のような日付がついているが、必ずしもその日に詠んだ歌とは限らない。日付のほとんどは便宜的なもので、多くの場合、大きな意味はない。ただ、日付があることで一年間毎日欠かさず作歌を続けられたことは間違いない。私にとってはちょうど日めくりカレンダーのようなものなのである。そういったこともあり、本歌集ではあえて日付を残すことにした。

通常、歌集は過去数年間の作品から構成されることが多い。しかしそのような歌集ではどうしても「現在」が疎かになり新鮮さが犠牲になりがちになる。できるだけ私自身の「現在」を歌集に閉じ込めたいと考えた結果、異例であることは十分承知の上で、書き下ろしで第一歌集を作ることにした。第三者の目に晒されることなく時間の淘汰も受けていないので愚作や独りよがりなものばかりかもしれない。しかし、たとえそうであったとしても、この歌集の短歌は二〇二二年一年間の私そのものなのである。

入会後二十年以上にわたって学びと刺激の場であり続ける「短歌人」のみなさまに深謝する。加えて、短歌と関係のないところでいつも私を支えてくださっているすべての人たちにもお礼申し上げる。そのような人たちのおかげでこの歌集が上梓できたと心から思う。
日頃から「短歌人」で大変お世話になっている藤原龍一郎さんには歌集出版の背中を押していただき、帯文まで頂戴した。六花書林の宇田川寛之さん、装幀の真田幸治さんのおかげで素敵な歌集ができあがった。どれだけ感謝してもしすぎることがない。
最後に、短歌の世界に足を踏み出すきっかけを与えてくれた母、森みずきに心から感謝する。彼女のおかげで私の現在はある。

二〇二三年二月吉日

森　直幹

著者略歴

1962年　名古屋生まれ
1998年　短歌人会入会
現在、同人

現住所
〒112-0011
東京都文京区千石３－17－６－501
Eメール　siesta.of.cicada@gmail.com

蟬のシエスタ

2023年３月25日　初版発行

著　者――森　　直幹

発行者――宇田川寛之

発行所――六花書林
〒170-0005
東京都豊島区南大塚３－24－10　マリノホームズ1A
電 話 03-5949-6307
FAX 03-6912-7595

発売――開発社
〒103-0023
東京都中央区日本橋本町１－４－９　フォーラム日本橋８階
電 話 03-5205-0211
FAX 03-5205-2516

印刷――相良整版印刷

製本――仲佐製本

定価はカバーに表示してあります
ISBN978-4-910181-47-9 C0092